La Lyre brisée,

DITHYRAMBE,

Dédié à Madame Dufrénoy.

PAR M. AGOUB.

L'Amour, partout où il est, est toujours le maître.
LA ROCHEFOUCAULD.

PARIS,

DONDEY-DUPRÉ PÈRE ET FILS, Imp.-Lib., rue Saint-Louis, No 46, au Marais,
et rue Richelieu, No 67;

LADVOCAT ET PONTHIEU, Libraires, au Palais-Royal;

MONGIE, boulevard des Italiens.

1825.

LA LYRE BRISÉE,

Dithyrambe.

LA LYRE BRISÉE.

La Lyre brisée,

DITHYRAMBE,

Dédié à Madame Dufrénoy,

Par M. AGOUB.

L'Amour, partout où il est, est toujours le maître.
La Rochefoucauld.

PARIS,

DONDEY-DUPRÉ PÈRE ET FILS, Imp.-Lib., rue Saint-Louis, Nᵒ 46, au Marais, et rue Richelieu, Nᵒ 67 ;
LADVOCAT et PONTHIEU, Libraires, au Palais-Royal ;
MONGIE, boulevard des Italiens.

1825.

IMPRIMERIE DE DONDEY-DUPRÉ.

Avant-Propos.

CE petit poème, achevé depuis long-tems et qui ne devait paraître que plus tard dans le recueil de mes poésies, était dédié à Mme Dufrénoy. Une mort presque subite vient d'enlever aux muses et à l'amitié cette femme justement célèbre, que ses élégies ont placée à côté de Parny. C'était un devoir pour moi d'adresser à sa mémoire l'hommage public que je destinais à sa personne ; et, dans la crainte que des travaux d'un genre plus sérieux ne m'interdisent pour quelque tems encore les compositions poétiques, je n'hésite point à publier séparément *la Lyre brisée*.

Né sur les bords du Nil, et venu en France à la suite d'une expédition mémorable, j'ai eu le bonheur d'être initié, jeune encore, à la littérature de ma nouvelle patrie ; je ne tardai point à vouer un culte d'enthousiasme aux écrivains qui l'avaient illustrée et qui en avaient fait la première littérature de l'Europe. Arrivé à Paris en 1820, je publiai un *Dithyrambe sur l'Égypte*, où je célébrais les souvenirs imposans du pays qui fut mon berceau. Ma position personnelle devait appeler sur moi l'intérêt ; l'accueil bienveillant que je reçus alors des littérateurs de la capitale passa mon espérance : j'avais droit à des encouragemens, j'obtins des suffrages, et un pareil succès m'aurait étonné, si je n'avais été convaincu que chez une nation généreuse et grande, il y a de l'hospitalité même dans l'opinion [1].

---

[1] Le *Dithyrambe sur l'Égypte*, publié d'abord dans la *Revue Encyclopédique*, fut rapporté presque en entier dans le *Moniteur* du 7

Quelques personnes d'un goût éclairé, qui ont entendu la lecture de mon nouveau Dithyrambe, ont paru le préférer au premier; il ne m'appartient pas d'examiner les motifs de cette préférence; je dirai seulement qu'ici j'ai plus de titres à l'indulgence de mes juges : *la Lyre brisée* présentait de plus grandes difficultés à vaincre; il fallait assujettir aux entraves d'un plan l'allure désordonnée de la muse lyrique; passer sans disparate d'un ton à un autre, et faire succéder à toute l'exaltation de l'orgueil poétique, les mouvemens tendres et passionnés de l'amour. Les ressources étaient moins dans le sujet même que dans l'énergie réelle de l'exécution; en un mot, je n'ai pas eu continuellement devant les yeux, comme dans mon premier Dithyrambe, l'image inspiratrice de la vieille Égypte.

Jamais, je l'avoue, mon cœur n'attacha plus de prix à un succès littéraire : en offrant ce modeste tribut à la mémoire d'une illustre amie, que n'ai-je une palme à déposer sur sa tombe !

J. AGOUB.

Paris, le 15 mars 1825.

décembre 1820, et les autres journaux de l'époque en citèrent de nombreux passages ; il fut traduit en italien à Florence, et en allemand à Stuttgard. Tout ce que l'auteur a publié dans la suite a été accueilli avec la même faveur. Outre quelques autres poésies qui ont paru dans divers recueils littéraires, on doit à M. Agoub deux discours historiques sur l'Égypte, un conte traduit de l'arabe, intitulé *le sage Heycar*, et plusieurs articles d'érudition sur l'antiquité égyptienne et la littérature orientale, insérés dans la *Revue Encyclopédique* et le *Bulletin des Sciences*.

(Note de l'Éditeur.)

LA LYRE BRISÉE,

DITHYRAMBE.

L'Amour, partout où il est, est toujours le maître.
LA ROCHEFOUCAULD.

———◆———

JE sortais des bras de Thaïre :
Quand, dominé soudain par un autre délire,
De ses baisers encor tout agité,
J'ai pris la lyre ;
Et, dans mon trouble, j'ai chanté
Les dieux, les rois, les héros, la beauté !

Thaïre, maîtrisant la fougue de son ame,

Silencieuse, écoutait mes concerts ;

Et son regard portait la flamme

Et dans mes sens et dans mes vers !

Parfois, quand du désir l'ivresse mal éteinte,

Domptant d'un vain respect l'importune contrainte,

Au feu de mes accens rallumait ses transports,

Ses bras m'enveloppaient d'une rapide étreinte ;

Et sa caresse ardente, attachée à mon corps,

Exaltait tout mon être et créait mes accords !

Mes hymnes, enfans de l'audace,

De la terre affranchis, s'égaraient vers les cieux ;

Dans mon essor ambitieux,

J'ai cru du héros de la Thrace

Ressusciter la lyre, et chanter pour les dieux !...

Trop long-tems, ai-je dit, ma voix efféminée

A soupiré de frivoles amours !

N'ai-je point d'avenir ? et mes stériles jours

Ne sont-ils dus qu'à l'hyménée ?

Faut-il d'un sort obscur dévorer les mépris,

Moi, qui pourrais franchir par un élan sublime

La limite pusillanime

Où rampent, sans honneur, de vulgaires esprits ?

Ah ! si jamais des sens la voix tumultueuse

De mon luth tributaire asservit les concerts,

Que du moins dans son vol ma Muse impétueuse,

De son souffle érotique embrasant l'univers,

Soit brûlante, soit orageuse

Comme le vent de nos déserts !

De nos déserts !... ce mot, sur mon ame étonnée,

Exerce un magique pouvoir;

Il nomme la patrie et dicte mon devoir :

Égypte, je t'entends ! ta plage fortunée

Demande à mon amour d'énergiques accords....

Qu'avec ravissement j'ai salué tes bords !

Docile à la leçon de ta grandeur passée,

D'un trouble filial j'ai senti les transports,

Et j'ose à ta hauteur mesurer ma pensée !

Déjà, dans ses chants solennels,

Ma Muse, relevant tes cités triomphales,

De tes fastes vieillis rassemble les annales,

Et de tes dieux tombés reconstruit les autels !

Des beaux-arts, sur ton sol, fondant la république,

    Je t'enrichis de leurs dons immortels ;

Et seul, par l'ascendant du pouvoir poétique,

Je transporte l'Europe aux déserts de l'Afrique !

Égypte, un de tes fils sera ton bienfaiteur :

Est-il pour les dieux même un plus noble trophée ?

Puisse, réalisant les merveilles d'Orphée,

Mon luth, de tes climats heureux dominateur,

Créer une patrie à tes tribus errantes ,

Et faire retentir dans tes dunes brûlantes

    Un chant législateur !

Mais sous tes vieux débris ta gloire ensevelie,

Se réveille aux rayons d'un jour inattendu :

Quel est cet étranger, sur tes bords descendu

    Des plages de la Romélie [1] ?

---

[1] Mohammed Aly, vice-roi actuel de l'Égypte, est né à la Cavale, dans la Romélie.

Il s'arme ; à son aspect, tout fuit ou s'humilie;

  Il parle, et tu sors du tombeau !

Sa main réparatrice a, d'un laurier nouveau,

Sur ton front consolé rajeuni ta couronne.

Aly ! que des beaux-arts la palme t'environne !

Rends à l'antique Isis ses honneurs disparus ;

Rends-lui les Pharaons ! héritier de leur trône,

  Hérite aussi de leurs vertus !

Les bienfaits sont suivis d'une longue mémoire :

Veille aux destins du Nil, à tes soins confiés ;

Que ses troubles sanglans, sous ton règne oubliés,

  Cessent d'épouvanter l'histoire....

Poursuis , poursuis, Aly : tu marches vers la gloire!

Moi, loin des bords fameux qu'illustrent tes travaux,

Porté sur une terre en grands hommes fertile,

  Seul ici je mourrai stérile !

Et voisin de la lice où luttent mes rivaux,

L'on m'aura vu passer spectateur inutile

  Et des chantres et des héros !

France, pays de gloire ! ainsi, sur tes rivages [1],

Quand tout nourrit en moi de sublimes désirs,

Quand du sang africain je subis les ravages,

Tous ces troubles secrets, tous ces secrets orages

S'exhaleraient en vains soupirs !

Que dis-je ?... Un dieu s'annonce à mon ame interdite ;

Dans mes sens fécondés il porte son flambeau ;

Le vers impétueux que ma verve médite,

Comme un germe brûlant, se travaille et m'agite ;

Il fermente dans mon cerveau !...

C'en est fait ! je me livre au destin qui m'entraîne ;

Je cours, la lyre en main, vers les bords de la Seine :

Là, je veux de mes chants essayer le pouvoir,

Dans son vol agrandi déchaîner mon génie,

Et des cygnes du Louvre étonner l'harmonie !

Dieux immortels ! j'en crois un noble espoir :

Avant de m'exiler du banquet de la vie,

Au banquet de la gloire un jour j'irai m'asseoir !...

[1] L'auteur était à Marseille quand il conçut l'idée de ce Dithyrambe.

Et toi qui, te jouant de mon indépendance,

Et flétrissant des jours à la lyre promis,

Usurpas mon adolescence !

Toi, qui crus m'imposer ta honteuse puissance,

Et, tenant sous ton joug mes destins asservis,

Ordonner de mon existence,

Fuis !.... tu n'as plus d'esclave ; il méconnaît ta loi :

Thaïre, désormais tes caresses sont vaines....

Dieux ! ses baisers m'embrasent malgré moi !

Ils pénètrent mon sang, ils coulent dans mes veines....

Ah ! cruelle, retire-toi !

Ton fanatique amour dévore ma jeunesse !

Reçois, dans cet adieu, ma dernière faiblesse :

Ton amant, loin de toi, court s'immortaliser :

La voix de l'avenir le réveille et l'inspire....

Oh, ciel ! Oses-tu bien attenter sur ma lyre ?

Ma lyre, c'est ma vie, et tu veux la briser,

Malheureuse !.... Ah ! plutôt, misérable moi-même !

Qu'ai-je dit ? Quelle est ma fureur ?

Inexplicables vœux ! je l'outrage et je l'aime !

Elle te confiait le soin de son bonheur,
Cruel ! et sans remords tu déchires son ame ;
Tu sembles te complaire aux douleurs d'une femme !...
Chantre de Sésostris, est-ce là ta grandeur ?

Vois de ses yeux éteints cette larme qui tombe....
       Fuyons....... La fuir ! Ma cruauté
       Va peut-être creuser sa tombe !
A cet affreux penser, mon courage succombe,
       Et tout mon sang s'est révolté !

Non, non ! C'est trop poursuivre une lâche victoire :
       Périsse, périsse la gloire
      Qu'il faut payer des pleurs de la beauté !
Le crime est-il absous par la célébrité ?
La gloire du méchant est un poids qui l'accable ;
Et moi, d'un fol espoir écoutant les erreurs,
J'irais, traître à l'amour, mendier des honneurs,
       Et présenter un front coupable
       A des lauriers accusateurs !

Déjà les repentirs de leurs traits me déchirent ;

Un cri secret a troublé mes accords ;

Les lauriers indignés de mon front se retirent !

Mon luth se tait à la voix du remords ,

Et sous mes doigts tremblans ses derniers sons expirent,

Je suis vaincu !... Devant toi prosterné ,

J'embrasse tes genoux , Thaïre , et je t'adore !

Daigne sur ton amant , daigne lever encore

Ce céleste regard , vers la terre incliné !

Je voudrais acheter le pardon que j'implore ,

De la moitié des ans promis à mon destin !

La gloire m'invitait à des biens que j'ignore :

Mais la palme est douteuse et le péril certain :

Je te livre des jours dont tu charmas l'aurore,

Dont tu charmeras le déclin !

Mes bras te sont ouverts ; regarde-moi , Thaïre !

Que mes baisers consolateurs

De tes beaux yeux exilent les douleurs ;

Je te rends ton amant , j'abjure mon délire....

Vois à tes pieds les débris de ma lyre !

Lyre coupable et que j'ai dû punir !
Elle vient d'expier nos communes alarmes :
Elle n'est plus , et j'ai vengé tes larmes !

De l'erreur d'un moment bannis le souvenir :
La gloire m'égara , je l'immole à tes charmes ;
Je t'immole mon avenir !
Mon ame , en son bonheur doucement abusée ,
S'est fait de cet asile un terrestre élysée :
Ici , jusqu'au tombeau , je veux t'appartenir !
Que m'importent d'un nom les trompeuses promesses?
Sois désormais ma seule déité ;
Sois mon ambition , mon culte , mes richesses ;
Viens , viens.... entoure-moi de ta divinité !
Que chacune de tes caresses
M'enivre d'immortalité !

Oui , nos nœuds survivront à notre heure dernière.
Un jour si , dans tes bras , d'une vie éphémère

Le souffle fugitif venait à s'épuiser,

Ta main, ta douce main, fermerait ma paupière :

Et dans la tombe hospitalière

Je descendrais me reposer,

Brûlant encor de ton dernier baiser !

Imprimerie de Donnay-Dupré.